KB093591

시선

53

터무니 있다

오 승 철 시조집

푸른사상
PRUNSASANG

푸른사상 시선 53

터무니 있다

인쇄 · 2015년 5월 10일 | 발행 · 2015년 5월 15일

지은이 · 오승철
펴낸이 · 한봉숙
펴낸곳 · 푸른사상
주간 · 맹문재 | 편집 · 지순이 | 교정 · 김수란

등록 · 1999년 7월 8일 제2-2876호
주소 · 서울시 중구 충무로 29(초동) 아시아미디어타워 502호
대표전화 · 02) 2268-8706(7) | 팩시밀리 · 02) 2268-8708
이메일 · prun21c@hanmail.net /prunsasang@naver.com
홈페이지 · http://www.prun21c.com

ISBN 979-11-308-0405-7 04810
ISBN 978-89-5640-765-4 04810 (세트)

값 8,000원

　이 도서의 국립중앙도서관 출판시도서목록(CIP)은 서지정보유통지원시스템
홈페이지(http://seoji.nl.go.kr)와 국가자료공동목록시스템(http://www.nl.go.kr/
kolisnet)에서 이용하실 수 있습니다. (CIP제어번호 : CIP2015012421)

　이 책은 2014 서울문화재단의 문학창작기금을 받았습니다.

터무니 있다

오 승 철 시조집

나의 시는

어머니 무덤가에

설핏,

다녀가는

봄눈 아닐까.

2015년 봄

오승철

■ 시인의 말

제1부 봄꿩으로 우는 저녁

제2부 수작하는 어느 올레

제3부 사람 팔자 윷가락 팔자

제4부 본전 생각 간절한 가을

제5부 솥뚜껑 베옥 열고

제1부

봄꿩으로 우는 저녁

시월

그냥
넙죽넙죽
받기만 하느냐고?

천만에,
나도 가끔은 '이쁘네' 말공양했다

잘 여문
모감주 열매
뚝 따낸
이 가을날

터무니 있다

홀연히
일생일획
긋고 간 별똥별처럼
한라산 머체골에
그런 올레 있었네
예순 해 비바람에도 삭지 않은 터무니 있네

그해 겨울 하늘은
눈발이 아니었네
숨바꼭질하는 사이
비잉 빙 잠자리비행기
〈4 · 3땅〉 중산간 마을 삐라처럼 피는 찔레

이제라도 자수하면 이승으로 다시 올까
할아버지 할머니 꽁꽁 숨은 무덤 몇 채
화덕에 또 둘러앉아
봄꿩으로 우는 저녁

고승사

가을 끝물 다랑쉬오름,
야고 몇은 남아서
갈라파고스 펭귄처럼 오종종히 남아서
어느 절 법어작작을 반가좌로 듣는다

산불 감시 초소에 문패 올린 '고승사'
이름 끝에 '사(司)' 자 쓰면 일본에서 난 거라며
시주를 하지 않아도
건네 오는 유잣빛 하늘

아무렴, 이 사람아
우리가 왜 만났겠나
솔체꽃 하나만 져도 먹먹한 이승에서
우연히 세상의 번(番)을 함께 서러 왔잖는가

고향 동백꽃만 보면

정이월 다가고 삼월이란 노랫소리
팽팽한 고무줄 따라 치맛자락 펄럭인다
때로는 사까다치기
허공의 맨다리들

하늘 아래 동백나무
그 아래
허씨 삼촌
"돌락돌락 가달춤 추당 거시기 떨어진다"
누이들 놀다간 자리
슬쩍 가 훔쳐봤네

거짓말 아니었네
햇살 몇 줌 그 언저리
고무줄 끊고 내뺐다 돌아온 중년의 사내
딸아이 초경만 같은 동백꽃을 주워드네

누이

쇠똥이랴
그 냄새 폴폴 감아 올린 새순이랴
목청이 푸른 장끼 게워내는 울음이랴
초파일
그리움 건너
더덕더덕 더덕밭

까딱 않는 그리움

어느 산간
어느 폐교
종소리
훔쳤는지
쇠잔등 굽은 오름
도라지꽃 한 송이
그리움
까딱 안 해도
쇠울음만 타는
가을

별어곡역

설령
하늘에 건 맹세는 아닐지라도
가자, '이별의 골짝' 억새 물결 터지기 전
아리랑 첫 대목 끌고
거기 가서 헤어지자

기차마저 그냥 가는 타관객리 정선선
기다림은 다해도 간이역은 남아 있다
한때의 섰다판처럼
거덜난 민둥산아

곤드레막걸리 한 잔
콧등치기국수 훌훌
떠밀리고 떠밀린 아우라지 구절리
단판에 이별을 건다
암세포 같은 그리움아

매봉에 들다

하늘은 말씀으로 세상을 거느리고
도랑물은 구름으로 하늘을 거느리네
봄날이 다하는 길목
누가 날 거느리나

볼 장 다 본 장다리꽃
설렘도 그쳤는데
삼십 년 외면해온 그 오름에 이끌렸네
첫 시집 못 바친 봉분
무릎 꿇고 싶었네

사랑도 첫사랑은
한 생애 허기 같은 거
주거니 받거니 잔 돌리는 장끼 소리
봄 들판 깽판을 놓듯 푸릇푸릇 갈아엎네

서울 할망

정난주, 스물여덟 살
백서사건, 황사영의 처
유뱃길 남녘 하늘
노을 한 점 떨구듯
추자도 물생이바위 강보 하나 떨궜네

여태껏 섬의 미사는 끝나지 않았는가
이백 년 전
그 아이
숨죽이던 울음같이
주일날 슴새 몇 마리 물세례를 받고 있네

모슬포의 겨울은 허공에도 섬이 뜨네
도성천리 그 할망
기도마저 잠재우면
한세상 내 그리움도 해배(解配)하라,
눈발들아

한라산에 머체골 있었다

의귀초등학교
2학년 1반
문태수
집에서 뜀박질로 두어 시간 등굣길
오뉴월 댕댕이나무 학교 종을 퍼 올린다

4·3에 숨은 고향 팔순에 찾아들면
올레에도 돗통에도 장기판 같은 집터에도
대숲만 먼저 돌아와 식솔인 양 두런댄다

아랫마을 위미리
내 아버진 그의 친구
이승과 저승 사이 잔술을 건네는 점방
그때 그 닭서리하듯 별도 훔친 밤이다

삐끼

때론 제 일터에 목숨 거는 이도 있네
산수국 가장자리에 듬성듬성 놓인 헛꽃
낮에도 떠도는 홍등
너울너울 홀리던

그래서 그런 건가
속명(俗名)마저 도체비꽃
문득 정신 차리니 아직은 이승이네
다행히 이순의 길목 옷매무새 고치네

한번쯤 안 속는다면 그게 어디 세상인가
씨 들인 순간부터 아예 홀렁 뒤집은 헛꽃
바스락 마른 그대로 싸락눈발 받고 있네

제2부

수작하는 어느 올레

"셔?"

솥뚜껑 손잡이 같네
오름 위에 돋은 무덤
노루귀 너도바람꽃 얼음새꽃 까치무릇
솥뚜껑 여닫는 사이 쇳물 끓는 봄이 오네

그런 봄 그런 오후 바람 안 나면 사람이랴
장다리꽃 담 넘어 수작하는 어느 올레
지나다 바람결에도 슬쩍 한번 묻는 말
"셔?"

그러네 제주에선 소리보다 바람이 빨라
'안에 계셔?' 그 말조차 다 흘리고 지워져
마지막 겨우 당도한
고백 같은
그 말
"셔?"

딱지꽃

신제주 어느 변두리 골목과 골목 사이
거미줄 그어놓듯 해장국집 차린 아내
때때로 중국말 제주말 걸려들고 있었다

누구의 한때인들 끗발 한 번 없었으랴
밤마다 가슴에 쓴 사직서를 내밀고
철 지난 세상에 나와 저 혼자 핀 딱지꽃

이승을 뜰 때에도 이렇게 혼자라면
성당의 저녁 미사는 뭐하러 드리는가
불빛이 불빛에 기대 싸락눈 달래는 밤

농다리

살아선 진천이요, 죽어선 용인이라는
'생거진천' 돌다리
징검징검 허공의 길
산당화 안 터져도 그만 이별하기 딱 좋겠다

뒷말 길게 끌고 가는 충청도 물새처럼
바다도 없는 이 곳
어쩌자고 물길은 터
만뢰산 백비(白碑) 앞에서 무릎 한 번 꺾고 간다

삼전도비

강은 언저리의 불빛들만 기억한다
그 위를 가로지르는 전철도 까치 소리도
때 절은 역사마저도 말끔히 씻어낸다

그러다가 한강은 목에 걸린 가시 같은
매장, 수장 다 치른 빗돌 하나 토해낸다
홍수에 드러난 호란(胡亂)
조선의 저 깨끗한 치욕

남한산성 냉이꽃 강을 찾아왔는지
삼전도 수향단에 무릎 꿇고 올린 촛대
사십 리 허기진 길을 눈발도 따라온다

'항쟁'과 '항복' 사이 펄럭이는 서울 한 녘
강둑으로 내몰린
불황의 저 눈발들이
오늘은 어느 가장의 뒷모습으로 떠돈다

화입(火入)

오름은 능선 하나 새들에게 내어주고
또 하나는 펏들펏들 눈발에 내어주네
등산로 슬쩍 비켜서 묘비도 허락했네

묘비래야
'채여춘묘(蔡女春墓)'
손바닥만 한 널빤지
매직으로 비뚤비뚤 눌러 쓴 한 생애가
단 한 번 본 적 없어도 시린 등이 만져지네

그러네,
내 그리움에도 목비를 꽂고 싶네
마른 들판 칼바람에도 죽지 않는 유충 같은 거
갈색의 가장자리를 흰 눈발이
치익 칙 긋네

제주 골무꽃

떴다!
포롱포롱, 봄이라 꽃들이 떴다

잠시 방심한 사이
오종종 내민 순갈

춘궁기 꽃자리마다
떼거지
그리움 떴다

한가을

한여름과 한겨울 사이 한가을이 있다면
만 섬 햇살 갑마장길
바로 오늘쯤이리
잘 익은 따라비오름 물봉선 터뜨리는

고추잠자리 잔광마저 맑게 씻긴 그런 날
벌초며 추석 명절 갓 넘긴 봉분 몇 채
무덤 속 갖고 가자던
그 말조차 흘리겠네

길 따라
말갈기 따라
청보라 섬잔대 따라
아직도 방생 못한 이 땅의 그리움 하나
섬억새 물결 없어도 숨비소리 터지겠네

벌초는 끝나고

바다가 머룻빛으로
잘 익은 이 가을날
옛집에 들렀다가 풀냄새로 눌러앉아
사십 년 묵은 일기장 그 가을을 다시 본다

"철아, 서물 날랑 나영 섬에 안 갈티야?"
지귀도 가는 뱃길, 어머니 따라 나서면
테왁도 봉분도 잠시
갈잎으로 떠돈다

이승과 저승 사인 자맥질로 오가는 거
그새 어느 집의 부음을 또 전하는지
먹먹한 고향 하늘에 가마우지 저 숨비소리

주전자

기차처럼 떠나네

그리움 다 내뿜고

달강달강 온몸으로 감당해낸 끌탕의 세월

가을 볕 아래서 보면

아,

저 금빛 관음불상!

가을이 어쨌기에

— 제주에서 발견된 닭의장풀과의 〈코멜리나 벵갈렌시스〉는 땅
속에서도 꽃이 핀다 어느 청년의 가슴에 필 것 같은…

1

갈바람 긴 생각 끝에 휙 지는 고추잠자리

2

가을이 어쨌기에 화살기도 쏠 새도 없이
출근길 차를 돌려서 제주행 비행기 탔나

3

저녁마다 무심히 노을 내리는 하늘처럼
어머닌 또 그렇게 세상을 내린 것인데
모슬포 자리젓 냄새 가시 박힌 그리움

4

한라산이 낳은 오름,
그 오름이 낳은 봉분
생전에 못 안아본 어머니 오늘 문득 안고 싶었는지

뚜우 뚜 휴대폰 신호음

저 세상으로 날리던 사내

5

지상에 피어야만 꽃이라 이르느냐

꽃아, 수평선을 퍼렇게 오므린 꽃아, 꽃아, 내 안의 마그마
같은 꽃아,

저 혼자 견디다 못해 땅속에서 터진 꽃아

화산섬 가슴에 묻은

코멜리나 벵갈렌시스!

애월의 달

— 순동 선생

벌써 두런두런 서너 사람 온 것 같고
개 짖는 소리 따라
올레길 돌아들면
고내봉 한 자락 끌고 청매화도 와 있었다

세월에 힘이 부친 분재들도 내려놓고
부엉이 들고양이가 서리하다 남은 닭
오늘은 그 닭 잡는 날
씨암탉을 잡는 날

닭다리 날갯죽지
막걸리 잔 오가는데
"제 죽음 직감했는지 알 하나 낳고 갔어"
노시인 툭 흘린 한마디
먹먹한
애월의 밤

제3부

사람 팔자 윷가락 팔자

봄꿩

대놓고 대명천지에
고백 한번 해본다

오름만 한 고백을 오름에서 해본다

갓 쪄낸 쇠머리떡에
콩 박히듯 꿩이 운다

겡이죽

어선 몇 척 태흥포구
경매도 다 끝나고
세멘 바닥 윷판이라도 벌일 것 같은 오후
가끔씩 도둑고양이 순찰하듯 다녀간다

이곳에선 '계죽'이나 '깅이죽'이라 하지 말라
아무리 물어봐도 대답 없는 파도처럼
"뭐 마씸?"
되묻기 전에
말하시라 겡이죽!

따져보면,
수평선은 넘겨야 할 낙선(落選)이다
모로 가든 도로 가든 사람 팔자 윷가락 팔자
장마철 생비린내도 녹여낸
저 겡이죽

봄날

붉은오름
아침놀
은숟갈 빛
산마을
상여 메듯
그것들을
떠메고 온
새 몇 마리
말좆이
늘어진 봄날
유채밭
흔들고 가네

판

1

칠흑의 하늘에겐들 허기가 왜 없겠는가

2

허기가 왜 없겠는가 칠흑의 가슴에겐들
제주시 칠성로 돌아 별자리로 걸린 국자

3

국자도 나무 국자 손금처럼 금이 가도
별 방향 가늠해야 섰다 끗발 난다면서
밤새껏 북극성 따라 고쳐 앉는 자리 하며

4

따져보면, 밀항이리
벽랑국 세 공주도
또 그렇게 세 공주와 눈 맞춘 탐라 사내의 첫날밤도
생 한번 걸어도 좋을

판을 벌인 것이니

　5

팔자 사나운 게

사람만의 일이겠나

제주와 일본 사이 일본과 제주 사이 '죽을 운 속에 살 운 있다'는 밀항의 바다, 현해탄 그 허기의 바다 〈4·3〉이며, 〈재팬드림〉, 끝내 못 돌아온 내 누님의 별 하나

엎어적 갈라적 하며

칠성 끌고 가는 밤

닐모리동동

바다에서 돌아와
숨비소리
널고 나면

물마루 몰래 건너
어깨를 툭 치는 달

헛제사
차리다 말고
가지깽이 댕글랑*

* 제주민요 한 소절. 가지깽이는 밥뚜껑의 제주어.

행기머체
— 제주에 이르시거든 행기머체 앞에서 "고시레" 하고 가시라

그게, 그러니까
정말로 거짓말같이
누가 단을 쌓고 설법한 것도 아닌데
멀쩡한 봄의 들판에 솟아난
놋그릇 바위

이 세상 어느 허기 돌아오질 못하는가
오름 두엇 집 두엇
갑마장길 무덤도 두엇
사람이 왜 왔느냔 듯 수군수군 갈기 몇 개

성읍에서 의귀리
또 거기서 가시리
〈4·3〉땅 화산섬의 범종 같은 바위 앞에
"고시레" 허공에 고하는
메아리로 젖는다

몸국

그래, 언제쯤에 내려놓을 거냐고?
그러네, 어느 사이 가을이 이만큼 깊네
불현듯
이파리 몇 장 덜렁대는 갈참나무

그래도 따라비오름 싸락눈 비치기 전
두말떼기 가마솥 같은
분화구 걸어놓고
가난한 가문잔치에 부조하듯 꽃불을 놓아

하산길 가스름식당
주린 별빛 따라들면
똥돼지 국물 속에 펄펄 끓는 고향 바다
그마저 우려낸 몸국,
몸국이 되고 싶네

가파도 1

바다가 자벌레 떼로 하얗게 우는 저녁

잎사귄가,

모슬포 앞바다에 툭 떨군 섬

백팔배 올리고 나도

다공질로 떠돈다

가파도 2

가파도 한 생인들 가파르지 않겠는가
낮은 데로 임하신
납작섬 고추잠자리
물 건너 모슬포 하늘 성호를 긋고 있네

섬에서도 바다로 끝나지 않는 길이 있네
더러는 자맥질하듯
마당으로 들어가
한동안 호박꽃 속의 숨비소릴 엿듣네

승선권 한 장이면
돌아갈 길 예약 받듯
〈천국 가기 쉬운 교회
  지옥 가기 어려운 교회〉
그 곁을 스쳐만 가도 천당길이 보이겠네

가파도 3

가파도 남녘 길은
배흘림 몽돌담길
허물거니 올리거니 바람의 손 사람의 손
바다는 섬을 그렇게
길들이고 있었다

이승 다음 저승이라면
저승 다음 그 뭣일까
포구 곁 살짝 숨은 고인돌만 한 할망당
수탉의 꽁지깃 같은 물색 지전 나부낀다

나부낀다 물색 지전
나부낀다 바다 한 자락
빌어도 빌지 않아도
뒤척이는 그리움
도항선 따라오던 섬 고인돌로 놓인다

가파도 4

오늘은 가파도 거쳐 마라도 가는 길
막무가내 따라나선 고추잠자리 두서넛
날개 끝 걸쳤다 놓았다 섬 하나를 홀린다

둥그런 수평선 따라 포제단도 둥근 걸까
신은 포젯날 벌어 한 해를 견디는지
뎅그렁 돌제단 위에 낙엽도 한 장 없다

숨비소리 거두며 돌아가는 구덕들
늙은 연애도 한 번 못해봤단 그 숨비소리
초가을 숨비기꽃이 축문(祝文)처럼 피어난다

제4부

본전 생각 간절한 가을

위미리

참을 만큼 참았다며
이른 봄 꿩이 운다

자배봉 아랫도리 물오르는 부활절 아침

위미리 옛집 그 너머
사발 깨듯 장끼가 운다

낙장불입

공룡 발자국 따라 생각 없이 오던 강,
울주 천전리 각석
그냥 가질 못했는가
몸 한 번 꿈틀한 자국 고스란히 남아 있네

그건,
강이 아닌 사람의 일이었네
하늘에 고백하는
나스카 문양이듯
장삿길 나의 아버지 그 목선도 거기 있네

이승과 저승이야 흥정하듯 오가는 거
물 쓰듯 세월을 쓰고
본전 생각 간절한 가을
내 생애
회심(會心)의 일타(一打),

아차 싶은

'풍' 껍데기

배방선

음력 이월 제주에선
"꽃샘추위 왔다" 마라
그냥 풍문이듯
"영등할망* 왔다" 하라
바다도 사랑을 품으면 말처럼 들락퀸다

칠머리당 영등굿은
사랑을 달래는 일,
눈보라 파도 소리
징으로 우는 열나흘 날
섬 뱅뱅 걸팡진 이별 씨점굿을 벌인다

장삿길 아버지는
어떤 점괘 나왔는지
절 잘락 바람도 잘락

짚으로 엮은 어머니 배,

이 섬의 서러운 불빛

떼어내듯 방쉬*하듯

* 바람의 여신.
* 액막이.

그리운 남영호*

— 삼백스물세 분을 호명하며

바다는 싸락눈을 삼키는가 내뱉는가

수평선 넘나들던

섶섬 새섬 문섬 범섬

저무는 바다의 집으로 돌아가고 있었다

숨바꼭질 끝났다

이제 그만 나와라

경술년 그 뱃길이 황망히 놓친 세상

못다 한 마지막 말이 별빛으로 돋아난다

보따리장수 홀어머니 바다에 묻은 세 아이

그 눈빛 그 어깨울음 뿔뿔이 흩어진 골목

마당귀 유자 몇 알이 장대만큼 솟았는데

아, 어느 이름인들

눈부처가 아니랴

다시 만나자는 약속은 못했어도

내 아직 이승에 있을 때 이제 그만 돌아오라

* 1970년 침몰한 제주−부산 정기여객선.

하도카페

사나흘 눈보라를 간신히 달랜 오후
철새 떼도 팽나무도 비켜 앉은
마을회관도
갈대에 몸을 맡긴 채 흔들리는 하도리 길

그러거나 말거나
돌담 올레 납작집
소라게 발 내밀듯
슬그머니 내민 간판
길손은 없어도 그만,
마수걸이 못해도 그만

우리도 한눈팔듯 이 세상에 온 것일까
바다와 민물이 만나 몸 섞는
노을의 시간

게미용* 불빛 하나야

내걸거나 말거나

* 희끄무레한 불빛.

멀구슬나무

덩치 값도 못하고 그게 어디 꽃이냐
봄 개구리 악다구니
가지마다 슬어논 알
고목에
이 늦바람아
토록토록
터지겠다

처방

'저거 익으면 내 꺼'
침 발라둔 산딸기
슬쩍 찾아왔다 벌에 쏘인 고향아
반세기 못 눅인 그리움
오줌발에 손 적신다

이윽고

나는 부활이다

신제주 왕벚나무

버찌도 이파리도 다 거둔 겨울 허공

지상의

새 울음 하나만

걸어놓은 저녁 한때

이윽고,

어슬어슬 불빛들이 돌아오면

'날 잡아봐라' '날 잡아봐라'

되살아나는 뫼비우스 띠

골목길 못 달랜 허기 싸락눈발 끌고 온다

밤새 누굴 향해 떨구던 낙엽일까

아내의 가게 앞에 일수, 달돈, 반라의 여자

쓸어도 다시 흘리는

안부 같은 명함 한 장

고추잠자리 17

가을은 섬에 와도 날개를 쉬지 않네

전라도 말 제주 말 반쯤 섞인 하추자 길

예초리

숨비소리를 금빛으로 져 나르네

한 시간 간격으로 공영버스 뜨든 말든

정난주* 물생이바위

그 바위만 달래다가

세상 끝

봉분 하나를

이제 그만 놓고 가네

* 丁蘭珠 : 백서사건 황사영의 부인. 천주교 신유박해 당시 제주 유뱃
  길에 두 살짜리 아들을 추자도 바위 위에 몰래 내려놓고 모슬포로
  떠났다.

고추잠자리 18

올 추석엔 고향에 돌아오지 않았네

가을도 청명한 가을

떠 흐르기 딱 좋은 날

차례상 서성거리는 며느리밥풀꽃같이

서너 군데 친척집 돌아 종손집 모여들면

물 건너, 이승 건너 두런두런 빈자리

옥돔에 돗궤기적갈*

아니 오고 배길까

* 돼지고기 산적.

원고 청탁서

간만에 '그럽시다'
턱 하니 받아놓고
말미에 말미를 얹은 그마저 마지막 날
컴퓨터
전원을 끄고
무릎이나 꿇는다

제5부

솥뚜껑 베옥 열고

삐쭉새

삐쭉삐쭉 삐쭉새
삐쭉삐쭉 삐이쭉
거저 온 세상이면 그냥저냥 살다 가지
허름한 세월의 한 칸
문패는 왜 거느냐고?

확 그냥 돌팔매를 날릴까 하다가도
저마저 안 그러면 누가 감히 비꼬랴
씨이발 허공에 대고
나도 한 번 삐이쭉

녹원 선생 둘러보고
'오목이석재(五木二石齋)'라 하네
그 뜻 더 묻지 않고 민머리못 꽝꽝 치네
주인이
바뀌든 말든
꽃 게우는 하귤나무

청도 반시

경상북도 청도래서 섬이리 생각했다

오누이 땅이래서 큰 고을이리 생각했다

밤마다 씨도둑들이 설쳐대리 생각했다

추렴

이따금
섬잔대 떼 오름 건너는
방어철
세상에서 한 발짝씩
물러앉은 불빛들이
낙향한 애월의 밤을
추렴하고 있었다

새 대가리 말 대가린
바람 쪽을 향한다는데
종호 선생 석희 선생
창집이 형 성운이 시인
비틀랑
시조 종장을
끌고 가는 밤이었다

윤동지 영감당

— 관음사로 옮겨지던 안동의 관세음보살상이 풍랑으로 침몰하
자, 윤씨 할아버지의 낚시에 걸렸다는데

거기, 거기
함덕 조천, 마을 하나 또 건너
돌담 따라 술래처럼 서너 굽이 돌아들면
올레길 꿩마농꽃도
먼저 와 비는
거기

'이뭐꼬'
돌부처야, 안동 부처 체면이 있지
하필 윤동지 영감 옹낚시에나 걸렸느껴
척 보면 손바닥 안이지 눌 만나러 왔느껴

절 받고 제물 받는 일 그것마저 지루해지면
사람 팔자 부처 팔자 다 터놓는 이 봄날
그 이름 그 허기만은
토해내질 못하겠네

바람꽃

싸락싸락 싸락눈 겨울 가뭄 그 끝에

너도바람꽃이냐

나도바람꽃이냐

섬 하나

돌려 앉히고

물 위에 핀

집어등

중대가리나무

장마철 배고픈 다리
잠겼다 다시 뜨면
산간 마을 물웅덩이 슬쩍 내린 예배당
등굣길 놓친 아이들
물세례 치받는다

문지르면 비누 거품
중대가리나무 이파리
찬송이듯 염불이듯 어머니도 손 비비면
내 누이 재팬드림이 거품으로 묻어난다

바당할망

팔순 비양도는 낮술 한잔 걸쳤는지
도항선 선착장에 우두커니 앉았다가
멋쩍게 들고양이와 시비나 걸어본다

오늘은 조금이라 바당할망도 쉬는 날
왼쪽엔 비룡암자 오른쪽엔 비양교회
그 너머 할망당까지 눈치껏 빌고 왔다

"4·3때?"
"섬에서도 가슴 잘락 털어젼"
"금릉이영 협재영 불 벌겅헌 거 다 봤주"
"그날로 우리 아시 기별 이제도록 톡 끊어젼"

그런 연유인가, 해녀콩꽃 한 줄기
납작 돌집 지붕에 슬그머니 기어올라
화산섬 숨비소리를 게워내고 있었다

내 사랑처럼

어쩌다 이끌려와 아침 저녁 조아리던
조천포구 그 뱃길들
말끔히 지워지고
아직도 유배 중인지 연북정*만 남았습니다

* 戀北亭 : 유배인들이나 관리들이 기쁜 소식을 기다리며 임금이 계
  신 북녘을 향해 절하던 정자.

원담*

누군가 별빛들을 말끔히 거둔 새벽
일순 물때를 놓친 멸치 떼가 파닥인다
덩달아 세상 왔다가 돌아가질 못한다

잠잠한 바람에도 바닷길은 믿지 마라
언제 그대 안에 내 그리움 갇혔는지
다시금 밀물이 와도 못 나가는 돌그물

* 밀물에 들어온 고기들이 썰물 때 나가지 못하도록 돌로 쌓아 만든
  제주도의 전통적인 자연 그물.

돗 잡는 날

때 아닌 왕벚꽃이 펏들대는 겨울이었다
똥돼지 목 매달기
딱 좋은 굵은 가지
꽤애액
청첩을 하듯
온 동네를 흔든다

잔치,
가문잔치
그 아시날 돗 잡는 날
자배봉 앞자락에 가마솥 내걸리고
피 냄새 돌기도 전에 터를 잡는 까마귀 떼

솥뚜껑 베옥 열고
익어신가 한 점 설어신가 한 점*
4 · 3둥이 내 누이 시집가던 그날처럼
한 양푼

서러운 몸국

걸신 들린 밤이었다

* 제주 속담에서 차용.

해설

'몸국'의 노래

'몸국'의 노래

이홍섭

1. '셔?'를 보다

오승철 시인은 이번 시집의 대표작 중 하나인 「"셔?"」와 같은 사람이다. '셔?'는 '안에 계세요?'가 단축된 제주도 말로, 시인의 표현을 빌리면 "소리보다 바람이 빨라/ '안에 계셔? 그 말조차 다 흘리고 지워져/마지막 겨우 당도한/고백 같은/그 말"이다.

단 몇 통의 통화와 한 번의 만남이 고작이었지만, 필자는 시인이 그의 시 「"셔?"」를 참 많이도 닮았다는 생각을 했다. 그의 말과 행동은 소리보다 바람이 빠르듯 생략이 많았고, 군더더기가 없었으며, 마지막 겨우 당도한 고백처럼 숨을 몰아쉰 흔적이 역력했다. 그러나 그의 목소리에는 가슴속 '허기'를 다 채우지 못한 듯한, 마치 '흑룡만리'로 불리는 제주도의 검은 돌담과도 같은 '공허'가 짙게 배어 있었다. '흑룡만리'를 품고 산다는 것은 시인으로서는 축복이지만, 현실을 살아가는 중생으로서는 늘 숨이 차는 일이다. 그의 목소리가 늘 맺힌 듯 고조되어 있는 것은 바로 이 때문일 것이다.

올해 초, 신정 지나고 며칠 뒤, 제주도에서 시인을 만난 적이 있다. 비록 짧은 만남이었지만, 그를 따라 제주시에서 서귀포 시로 향하면서 시인의 고향을 일견했다. 이번 시집의 표제시인 「터무니 있다」의 실제 공간인 머체골 초입에 서 있는 그의 시비도 감상했고, 필자가 사랑하는 서귀포 시내를 함께 걸어보기도 했다. 시인의 발걸음도 '셔?'처럼 맺고 끊음이 분명했고, 또한 바람처럼 빨랐다.

그와 헤어진 뒤에는 시 「딱지꽃」에 등장하는 신제주의 해장국집 앞을 서성거려보기도 했다. 시인의 아내가 운영하는 그 집은 "밤마다 가슴에 쓴 사직서를 내밀고/철 지난 세상에 나와 저 혼자 핀 딱지꽃"과 같은 시인이 "불빛이 불빛에 기대 싸락눈 달래는 밤"을 보는 곳이다. 그곳에서는 시인이 화두처럼 지속적으로 되살려내고 있는 '숨비소리'가 들리는 듯 했다.

제주 해녀들이 물 속에서 숨을 참았다가 물 밖으로 솟아오를 때 비로소 내지르는 소리를 일컫는 숨비소리는, 파란 많은 제주 역사의 비명이자 생명의 소리라 할 수 있다. 그것은 세간의 한복판에 있는 해장국집의 불빛과도 같은 것이다. 60년 동안 물질을 했다는 시인의 어머니와, 일본으로 밀항해 거기서 세상의 연을 다한 시인의 누이와, '딱지꽃' 같은 시인의 곁을 지키며 해장국집을 운영하는 시인의 아내가 다름 아닌 숨비소리의 산 역사가 아니던가.

시인의 '셔?' 함은 그동안 일면식도 없었고, 시조의 문외한이기도 한 필자에게 시집 해설을 청탁한 것으로만 봐도 잘 알 수 있다. 문단의 풍토상 자유시를 쓰는 시인에게 시조 시집 해설을 맡기는 것은 어설픈 백정에게 잘 키운 암소를 맡기는 것과 같다. "숨비소리를 금빛으로 져"(「고추잠자리 17」) 나르기는커녕, 허공에 대고 칼질만 하지 않으면 그나마 다행일 것이다. 그러니 귀한 원고를 받아놓고 "말좆이/늘어진 봄날"(「봄날」)처럼 이리 뒹굴, 저리 뒹굴 하지 않을 수 있겠는가. 하여, 어설픈 백정으로 괜한 칼질을 하기보다, 늘어진 말좆이 되더라도 그냥 편히 쓰기로 한다.

2. '셔?' 의 미학

시조는 우리 언어가 만들어낸 최고의 정형시이다. 한국인의 정서와 멋, 그리고 격조가 어우러져 빚어낸 '불멸의 시 형식'이라 할 수 있다.

시조계의 원로이신 노스님 한 분을 오랫동안 곁에서 시봉한

적이 있다. 노스님께서는 흥이 나시면 청맹과니 유발상좌를 앞에 앉혀놓고는 시조의 위대함을 누누이 역설하시곤 했다. 논두렁 밭두렁을 따라 거닐다, 지붕과 처마의 유려한 곡선을 따라 흘러, 여인의 버선코에 올라서서, 월드컵의 '대~한민국' 응원 함성에 이르면 내설악 골짜기의 긴긴밤이 다 가곤 했다. 노스님을 따라 걸은 그 모든 길은 신기하게도 시조의 삼장이자, 기승전결이요, 고유의 율격이었다. 시조가 가장 한국적인 장르이기 때문에 또한 세계적이 될 수 있다는 말씀에 깊이 공감할 수 있었다.

「"셔?"」는 이러한 시조의 격조를 잘 담고 있으면서도 현대화에 성공한 시인의 대표작 중 하나로 손꼽을 수 있다. 외형적으로는 현대 자유시처럼 자유로운 운행을 보이고 있으나, 내재적으로는 시조의 특성과 형식미를 잘 살린, 그야말로 자유자재한 작품이라 할 수 있다. 앞서 밝혔듯, 시인의 모습이 잘 체현된 작품이자, 이번 시집을 통해 시인이 지향하는 시조의 모습이 잘 반영되어 있다.

> 솥뚜껑 손잡이 같네
> 오름 위에 돋은 무덤
> 노루귀 너도바람꽃 얼음새꽃 까치무릇
> 솥뚜껑 여닫는 사이 쇳물 끓는 봄이 오네

그런 봄 그런 오후 바람 안 나면 사람이랴

장다리꽃 담 넘어 수작하는 어느 올레

지나다 바람결에도 슬쩍 한번 묻는 말

"셔?"

그러네 제주에선 소리보다 바람이 빨라

'안에 계셔?' 그 말조차 다 흘리고 지워져

마지막 겨우 당도한

고백 같은

그 말

"셔?"

—「"셔?"」 전문

  이 시는 제주 고유의 말이 되어버린 존칭 보조어간 '셔'를 통해 제주의 자연과 정서를 함축해 그려낸 작품이다. 시인이 그동안 제주도의 자연과 역사, 그리고 방언을 그 누구보다도 열심히, 치열하게 시조로 담아냈다는 것은 문단 안팎으로 정평이 나 있기 때문에 따로 부연해 설명하지 않아도 될 듯싶다.

  필자가 이 작품에 주목하게 된 것은 시인이 시어와 형식을 통해 빚어낸 '미학'이다. 이 작품을 반복해 읽다 보면 시인이 얼마나 공들여 시어를 고르고, 이 시어들을 적재적소에 잘 배치해나가는가를 느껴볼 수 있다. 이 시의 '미학'은 이러한 과정 속에서 배어나오는 것이다.

1연의 초장 "솥뚜껑 손잡이 같네"는 돌연한 비유로 주의를 환기시키면서, 종장의 "솥뚜껑 여닫는 사이 쇳물 끓는 봄이 오네"를 이끌어낸다. 전통적인 시조가 기승전결의 구조로 이루어진다는 것은 너나없이 아는 일이지만, 시조에서 '기'에 해당하는 부분은 자유시의 첫 번째 행보다는 몇 배 더 큰 시적 힘과 오랜 숙성의 시간을 요한다. 시조에서는 이 '기'에 해당하는 초장을 어떻게 표현해내는가에 따라 그 작품의 전체적 힘이 결정되고, 시조의 '현대성' 또한 드러나는 것으로 보인다. 오승철 시인의 시조가 힘 있고, 감각적으로 현대성을 획득하는 데 성공할 수 있었던 동력 중에 하나도 여기에 있다. 어떤 시를 뽑아봐도 오랫동안 숙고한 초장의 맛을 진득하게 느껴볼 수 있다.

이 작품에서 또한 주의 깊게 음미해야 할 것은 시어들이 갖고 있는 자음, 모음의 음률적 효과들이다. 이 시의 1연을 지배하는 음은 자음 'ㅅ'이다. '솥뚜껑' '손잡이' '쇳물'의 'ㅅ' 음이 축을 이루면서, 2연의 '얼음새꽃 까치무릇'과 3연의 '사이'에 등장하는 'ㅅ' 음이 음률적으로 추임새를 넣는 형국이다.

3행 "노루귀 너도바람꽃 얼음새꽃 까치무릇"은 또 어떤가. 중장에 해당하는 이 행은 자음과 모음으로 고저장단을 맞춘 흔적이 역력하다. "노루귀"의 'ㄴ' 음은 "너도바람꽃"의 첫 음으로, "너도바람꽃"의 마지막 음절 "꽃"의 'ㄲ' 음은 이어지는 "얼음새꽃"의 마지막 음절로, "얼음새꽃"의 마지막 음절 "꽃"의

'ㄲ' 음은, "까치무릇"의 첫 음으로 이어지고, 각각의 모음들은 양성과 음성을 오르내리며 고저장단을 만들어낸다. 자수로도 3·5·4·4를 이루어 마치 종장과 같은 전과 결의 맛을 느낄 수 있도록 했다.

2연과 3연은 반복적으로 '그'를 사용함으로써 마지막에 나오는 "그 말/"셔?""에 자연스럽게 집중하도록 하고 있다. 더불어 3연은 시조 형식으로는 드물게 역삼각형 구조를 만들어서 "셔?"에 대한 집중은 물론, 단축된 말로서의 의미가 시각적으로 드러나게 했다.

이처럼 이 작품은 한 편의 시를 밀도 높게 완성하기 위해 시인이 얼마나 큰 정성과 공력을 기울이는가를 여실히 입증해준다.

3. '허기'와 해원굿

이번 시집에서 가장 표 나게 두드러지는 시어 중 하나가 '허기'이다. 이 허기는 그의 시 전반을 가로지른다.

그런데 이 허기는 단일한 근원을 갖고 있는 것이 아니라 보다 복합적이고 중층적이어서 치유 불가능한 것이라는 느낌을 줄 정도이다.

이 허기는 시인의 실존적 고뇌에서 나오기도 하고, 육지와 중앙으로부터 멀리 떨어진 섬사람으로서의 외로움에서 나오기도

한다. 또한 이 허기의 기저에는 제주도민의 가슴 속에 응어리처럼 맺혀 있는 '제주 4·3'을 비롯한 파란 많은 역사가 잠겨 있기도 하다.

아래 시 「판」은 시인의 시조 형식에 대한 '허기'가 보태져, 시조의 다섯 가지 형식을 한 편의 시조에 담아내면서 이 끝 모를 '허기'의 뿌리를 캐 들어간 작품이다.

1

칠흑의 하늘에겐들 허기가 왜 없겠는가

2

허기가 왜 없겠는가 칠흑의 가슴에겐들
제주시 칠성로 돌아 별자리로 걸린 국자

3

국자도 나무 국자 손금처럼 금이 가도
별 방향 가늠해야 섰다 끗발 난다면서
밤새껏 북극성 따라 고쳐 앉는 자리 하며

4

따져보면, 밀항이리
벽랑국 세 공주도

또 그렇게 세 공주와 눈 맞춘 탐라 사내의 첫날밤도

생 한번 걸어도 좋을

판을 벌인 것이니

　5

팔자 사나운 게

사람만의 일이겠나

제주와 일본 사이 일본과 제주 사이'죽을 운 속에 살 운 있

다'는 밀항의 바다, 현해탄 그 허기의 바다 〈4·3〉이며, 〈재

팬드림〉, 끝내 못 돌아온 내 누님의 별 하나

엎어적 갈라적 하며

칠성 끌고 가는 밤

—「판」 전문

이 시는 단형시조, 양장시조, 평시조, 엇시조, 사설시조 등 다

섯 가지 형식이 길이를 기준으로 짧은 것에서부터 긴 것으로 이

어지고 있다. 이번 시집에서는 또 다른 시 「가을이 어쨌기에」와

함께 시도되고 있는데, 여러 가지 면에서 청신함을 주는 데 성

공하고 있다.

　1연의 단형시조는 평시조의 종장에 해당하는 1행만으로 이루

어진 시조로, 단 한 줄로 가슴을 가로지를 수 있는 시적인 '힘'

이 승패의 관건이다. 시인은 마치 화두를 던지듯 "칠흑의 하늘

에겐들 허기가 왜 없겠는가"라는 구절을 던져놓는다. 독립된 단

형시조였다 해도 강한 느낌을 받았을 이 한 행, 한 연의 구절은 화두처럼 작동하며 5연 전체를 이끌어간다. 그만큼 힘이 있다.

병치 효과가 두드러지는 양장시조로 이루어진 2연에서 시인은 앞의 1연을 서술 순서만 바꾸어 반복한다. 앞 연에서는 "칠흑의 하늘"에서 "허기"를 보던 시인은, 이 허기를 "칠흑의 가슴"으로 옮겨놓는다. 실제 지명인 "제주시 칠성로"를 등장시키면서 밤하늘의 북두칠성은 땅 위에 뜬, 사람의 가슴에 뜬 북두칠성과 중첩된다.

3연의 평시조는 고단한 세간의 삶과 꿈을 북두칠성과 북극성을 통해 그려내고 있다. "별 방향 가늠해야 섰다 끗발 난다면서/ 밤새껏 북극성 따라 고쳐 앉는 자리 하며"라는 표현은 세간살이를 섰다판으로 비유해 해학적으로 그려낸 것이다.

4연은 제주의 개벽신화, 개국신화를 담아낸 것이다. 시인은 이 엇시조에서 탐라의 개벽신화로 불리는 탐라의 세 시조와 벽랑국 세 공주와의 인연을 '밀항'과 생을 건 '판'으로 그려내고 있다. 제주의 개벽신화에 '밀항'과 '판'을 끌어들인 것은, 그 이후에 펼쳐진 제주의 파란만장한 역사의 시원을 찾아보고 싶었기 때문일 것이다.

5연의 사설시조는 그 파란만장한 역사의 현장이다. 살기 위해 목숨을 걸고 일본으로 밀항하는 현해탄의 바다며, 그 아픈 역사를 안고 있는 《4 · 3》이며, 실제 그 밀항의 바다를 건너가 일본에 살다 끝내 돌아오지 못한 시인의 누이는 지금도 여기 생생히 '살아 있는 역사'이다.

시인이 "칠흑의 하늘" "칠흑의 가슴"에서 '허기'를 보는 것은 캄캄한 칠흑으로도 해소되지 못한 것들이 많이 남아 있기 때문이다. "사랑도 첫사랑은/한 생애 허기 같은 거"(「매봉에 들다」), "이 세상 어느 허기 돌아오질 못하는가"(「행기머체」), "골목길 못 달랜 허기 싸락눈발 끌고 온다"(「이윽고」), "그 이름 그 허기만은/토해내질 못하겠네"(「윤동지 영감당」) 등 그가 기록하고 있는 허기의 목록은 참으로 많다.

시인이 제주의 삶과 역사를 '밀항의 역사'와 '판의 역사'로 규정한 것은, 이 허기를 가로지르는 아픈 삶과 역사를 하나의 해원굿으로 풀어내고 싶기 때문일 것이다. 아픔과 상처는 이 세계를 하나의 커다란 '판'으로 받아들이면 치유하기가 쉽다. 고단한 삶과 역사를 판으로 받아들일 때 비로소 굿판도 마련될 수 있다. 시인에게는 자신이 써나가는 시가 곧 제주민의 삶과 역사를 증언하고 치유하는 해원굿판이 되기를 꿈꾸고 있는 것이다.

4. 섬과 누이와 역사, 그리고 '그리움'

시인은 한 판 해원굿을 펼치고 난 뒤에도 여전히 남는 그 무엇을 '그리움'이라 명명한다. '허기'와 '그리움'은 제주도의 자연과 역사가 낳은 쌍생아이다. 어느 마을, 어떤 사람에게 그리움이 없으랴만, 시인이 제주도에서 노래하는 그리움은 섬으로서의 제주의 자연과, 안타까운 삶을 살다간 '누이'와, '4·3'으로 상징되는 제주의 불행한 역사가 배어 있어서 더욱 곡진하고 애절하다.

오름은 능선 하나 새들에게 내어주고
또 하나는 펏들펏들 눈발에 내어주네
등산로 슬쩍 비켜서 묘비도 허락했네

묘비래야
'채여춘묘'
손바닥만 한 널빤지
매직으로 비뚤비뚤 눌러 쓴 한 생애가
단 한 번 본 적 없어도 시린 등이 만져지네

그러네,
내 그리움에도 목비를 꽂고 싶네
마른 들판 칼바람에도 죽지 않는 유충 같은 거
갈색의 가장자리를 흰 눈발이
치익 칙 긋네

—「화입(火入)」전문

이 시는 제주도 특유의 풍경이라 할 수 있는 "오름"의 풍광에서 배어나오는 '어찌할 수 없는 그리움'을 노래한 작품이다. 오름 곳곳에 산재해 있는 낮은 돌담 안의 묘들와 허름한 묘비들을 상상하면 이 작품에 나오는 그리움의 진원을 짐작해볼 수 있다. 이 어쩔 수 없는 그리움을 시인은 "마른 들판 칼바람에도 죽지 않는 유충 같은 거"라고 표현한다.

제목으로 쓰인 "화입"은 불을 지르는 것을 일컫는 말인데, 제주도에서는 마소에 달라붙어 피를 빨아먹고 사는 진드기 같은 벌레의 알을 태워 없애기 위해 불을 놓을 때 이 말을 사용한다고 한다. "유충"이라는 표현은 아마도 여기에서 유래한 것으로 보인다. 그것은 제주의 자연이 살아 있는 한 지속되는 '불멸의 그리움'이라 할 수 있다.

'허기'와 '그리움'이 가장 애절하게 노래되고 있는 것은 시인이 '누이'를 노래할 때이다. '누이'는 "문지르면 비누 거품/중대가리나무 이파리/찬송이듯 염불이듯 어머니도 손 비비면/내 누이 재팬드림이 거품으로 묻어난다"(「중대가리나무」)라는 구절에서도 알 수 있듯이, 문지르면 일어나는 비누 거품처럼 시인의 세계관에 큰 자리를 차지하고 있다.

'누이'의 생애는 시인이 지난 2004년 '우리 시대 시조시인 100인선'의 하나로 출간한 시집의 표제시 「사고 싶은 노을」에 잘 나와 있다. 앞서 인용한 시 「판」과 앞의 인용시에서도 소략하게

101

등장했듯이 시인의 누이는 "재팬드림"을 꿈꾸며 밀항처럼 일본으로 건너가 거기서 생을 마친 분이다.

시인은 「사고 싶은 노을」에서 누이처럼 고향 제주도를 떠나 일본의 대판(오사카)에 살면서 돌아오지 못한 이들의 삶을 "40여 년 4·3땅은 다 끊긴 인연일지라도/내 가슴 화석에 박힌 사투리를 쩡쩡 파라"라고 애절하게 노래하고 있다. 시인의 노래가 애절한 것은 거기에 '누이'가 살고 있기 때문이었다. 누이를 이국의 땅에서 떠나보내야 했던 시인은 이번 시집에 '누이'라는 제목의 짧은 시 한 편을 싣고 있다.

쇠똥이랴
그 냄새 폴폴 감아 올린 새순이랴
목청이 푸른 장끼 게워내는 울음이랴
초파일
그리움 건너
더덕더덕 더덕밭

—「누이」 전문

시인이 즐겨하는 서사적 구성을 일체 배제하고 시각, 청각, 후각 등 오감이 빚어내는 이미지만으로 이어진 이 작품은, 그 자체로 '맑은 슬픔'을 자아낸다. 누이에 대한 연민과 그리움의 깊이가 떠올린 명징한 작품이라 할 수 있다.

누이의 삶이 제주 역사의 일부가 되었듯, 이번 시집에는 파란 많은 제주의 역사와 인물들이 곳곳에서 시의 주인공으로 등장한다. 이 주인공들은 '유배지'로서의 제주, 민초들의 한 많은 항쟁지로서의 제주, 근대의 비극인 '4 · 3'으로서의 제주를 표상한다. 아래 시는 천주교 박해로 유명한 '황사영 백서사건'을 배경으로 하고 있다.

정난주, 스물여덟 살
백서사건, 황사영의 처
유뱃길 남녘 하늘
노을 한 점 떨구듯
추자도 물생이바위 강보 하나 떨궜네

여태껏 섬의 미사는 끝나지 않았는가
이백 년 전
그 아이
숨죽이던 울음같이
주일날 습새 몇 마리 물세례를 받고 있네

모슬포의 겨울은 허공에도 섬이 뜨네
도성천리 그 할망
기도마저 잠재우면
한세상 내 그리움도 해배(解配)하라,

눈발들아

— 「서울 할망」 전문

　남편 황사영이 연루된 '황사영 백서사건'으로 제주목의 관노로 유배 온 정난주는 훗날 이 시의 제목인 '서울 할망'으로 불리며 제주도민의 존경과 사랑을 받은 인물이다. "추자도 물생이 바위"는 정난주가 유배 오면서 품고 온 젖먹이 아들을 숨겨놓은 곳이다.

　시인은 이 정난주가 제주도에 유배되면서 겪은 삶의 질곡을 그리면서 "도성천리 그 할망/기도마저 잠재우면/한 세상 내 그리움도 해배(解配)하라"라고 노래한다. "해배하라"는 '귀양을 풀어달라'는 것. 시인은 정난주의 삶을 그리면서 자신의 그리움에 배인 유배 의식, 귀양 의식에서도 풀려나길 기원하고 있다. 시인이 자신과 제주의 역사가 한 몸을 이루고 있다고 인식하고 있음을 알게 해주는 대목이다.

5. 터무니와 숨비소리

　마지막으로 이 시의 표제시 「터무니 있다」를 얘기해야 할 것 같다. 앞서 밝혔듯이 필자는 이 작품을 새긴 시비를 직접 본 적이 있는데, 여러 면에서 깊은 감동을 받았다. 이 작품에 담

겨 있는 시인의 곡진함에 감동받았고, 이 작품의 실제 공간적 배경인 서귀포시 남원읍 한남리 주민들이 '4·3'과 머체골의 사연을 시로 승화해준 시인에 대한 고마움을 담아 십시일반 정성을 모아 시비를 세워준 것에서도 감명을 받았다. 그러니 이 작품을 얘기하지 않으면 말 그대로 '터무니없는 해설'이 될 성싶다.

홀연히
일생일획
긋고 간 별똥별처럼
한라산 머체골에
그런 올레 있었네
예순 해 비바람에도 삭지 않은 터무니 있네

그해 겨울 하늘은
눈발이 아니었네
숨바꼭질하는 사이
비잉 빙 잠자리비행기
〈4·3땅〉 중산간 마을 삐라처럼 피는 찔레

이제라도 자수하면 이승으로 다시 올까
할아버지 할머니 꽁꽁 숨은 무덤 몇 채

화덕에 또 둘러앉아
봄꿩으로 우는 저녁

— 「터무니 있다」 전문

'터무니'란 무엇인가. '터를 잡은 자취'를 말하는 것이다. 시인은 통상 '터무니없다'로 사용되는 이 말을 뒤집어 정색하며 말하듯 '터무니 있다'라고 표현한다. 무엇이 시인을 정색하게 만들었을까. 이 작품에 담긴 사연은 머체골을 다룬 또 다른 시 「한라산에 머체골 있었다」와 함께 읽어야 보다 확실한 전모를 알 수 있다.

의귀초등학교
2학년 1반
문태수
집에서 뜀박질로 두어 시간 등굣길
오뉴월 댕댕이나무 학교 종을 퍼 올린다

4·3에 숨은 고향 팔순에 찾아들면
올레에도 돗통에도 장기판 같은 집터에도
대숲만 먼저 돌아와 식솔인 양 두런댄다

아랫마을 위미리
내 아버진 그의 친구

이승과 저승 사이 잔술을 건네는 점방

그때 그 닭서리하듯 별도 훔친 밤이다

—「한라산에 머체골 있었다」 전문

이 작품은 시의 내용이 '4·3' 당시 의귀초등학교 2학년에 다니던 문태수라고 하는 실존 인물의 증언을 바탕으로 하고 있음을 알게 해준다. 내용을 살펴보면, 아랫마을 위미리는 시인의 고향이고, 시인의 아버지는 이 문태수라는 실존 인물과 친구가 되는 사이임을 알 수 있다. 가까이 있었음에도 몰랐던 사실, 이는 오랫동안 금기어처럼 여겨졌던 '4·3'이 불러온 비극을 단적으로 보여준다.

'4·3'을 지나며 마을은 역사에서 완전히 사라졌던 것으로 추정된다. 앞의 시 「터무니 있다」에서 시인이 "홀연히/일생일획/긋고 간 별똥별"이라고 노래했기 때문이다. '4·3' 당시 숨었다가 팔순의 나이가 되어 다시 찾은 문태수 씨의 고향마을 머체골에는 이제 집터만 남아 있다. 앞의 시 「터무니 있다」에서 시인은 이 집터를 "예순 해 비바람에도 삭지 않은 터무니 있네"라고 노래한다.

시인이 정색하며 "터무니 있다"라고 말하는 것은, 아무리 고단한 역사를 지나왔다 해도 사람의 살림이 이루어진 터는 결코 지워지지 않는다는 사실을 말하고 싶었기 때문일 것이다. 시인이 작품 곳곳에 날숨처럼 배치한 '숨비소리'는 이 살림을 만들어가는 생명의 소리이다. 이 소리의 주인들이 웅성거리며 모여서 만드는 것이 바로 '터무니'가 아니던가.

시인은 "화산섬 숨비소리"(「바당할망」)가 살아 있는 한, 서러운 삶과 역사 속에서도 이 터무니는 결코 사라지지 않는다고 말한다. "서러운 몸국"(「돗 잡는 날」)이라 할지라도 "몸국이 되고 싶네"(「몸국」)라고 노래할 수 있는 것은 바로 이 때문이다. 이 몸국은 다름 아닌 "똥돼지 국물 속에 펄펄 끓는 고향 바다/그마저 우려낸 몸국"이기 때문이다.

李弘燮 | 시인

푸른사상 시선 53

터무니 있다

푸른사상 시선 53
터무니 있다

푸른사상 시선 53

터무니 있다

푸른사상 시선 53
터무니 있다